小見さゆり

水辺の記憶

書肆山田

目次——水辺の記憶

水辺の記憶

まばたき

絶好の凪を孕んだ帆船が音もなく出港するように、薄い皮膚は弾力を保ったまま濡れた球体の上を滑り出す。精妙な虹のリングがそれまでは光量を加減していたのだったが、今は一枚のシャッターが降下することで光が遠のいてゆく。世界は少しずつ裏返りあなたはまもなくいなくなる。旅の途中で見るものはまぶたの裏側だけではない。柔らかな皮膚が風を受ける。誰かがどこかで叫んでいる。もしかしたら笑っている。匂いが俊敏な動物のように動く。背中に指が触れる。それはあなたのくすり指かもしれないしそうでないかもしれない。いずれにしても風景はそれによって変化する。これは非常にデリケートな旅なのだ。前半が終わってさあひき返そう。帰り道を急ぐ。ことさらに急ぐわけではないけれど足は自然と早まるものだ。帰る場所がある。決まった場所がある。それはとても安心すること。果たしてそこは以前と同じだろうか。あなたは変わらず私の前にいるだろうか。

まばたきをしている間に地球がすばやく回転した
まばたきをしている間にスカートがめくれあがった
まばたきをしている間に数式を忘れた
まばたきをしている間に地面から鳥の影が消えた

まばたきをしている間にさかあがりを覚えた
まばたきをしている間に海岸の麦穂がはためいた
まばたきをしている間に草の中で卵が孵った
まばたきをしている間に水滴がこわれた
まばたきをしている間に一匹のクロアゲハが昇天した
まばたきをしている間に隕石が海に落ちた
まばたきをしている間に靴ひもが切れた
まばたきをしている間に赤い風船が子供の手から離れた
まばたきをしている間にコルク栓がとびはねた
まばたきをしている間に水平線を見失った
まばたきをしている間に仔猫がくしゃみをした
まばたきをしている間にテロリストが自爆した
まばたきをしている間にかごめかごめが終わった
まばたきをしている間にかさぶたが剥がれた

まばたきをしている間に石ころが笑った
まばたきをしている間にラッキーナンバーが出た
まばたきをしている間に渋滞が解消した
まばたきをしている間に人口が増加した
まばたきをしている間に百貨店が火事になった
まばたきをしている間に街灯が灯った
まばたきをしている間にひとつの声が路上を横切った
まばたきをしている間に砂漠のことを考えた
まばたきをしている間に何も起こらなかった
まばたきをしている間にあなたはわたしだった
まばたきをしている間にわたしはあなただった
わたしたちは歩行だった呼吸だったときめきだった
わたしたちは水辺だった木漏れ日だった鳥のさえずりだった
すべてはただまぶしかった

世界は単なるまぶしさとしてそこにあった

樹

電動のこぎりが♯《シャープ》の音をたてて止まった
葉ずれ
はずれ
半音階を奏でながら
空が落ちてくる
灼けつく金属と
樹液の匂い
微量な鳥たちの

直線的な影
落ちてきた空のあとには
もうひとつの空があって
過剰に希薄な
希薄なまでに過剰な
生まれる前に見ていた空の記憶だ

わたしのいない風景
それはどこまでもなつかしい
草をかきわけ
石の階段をのぼりきる
小鳥がさえずり　犬が吠え
速くなる心臓の音

逆光を浴びて
樹が立っている
光のかけら、葉のざわめき
誰がその樹を見ているのだろう
わたしはまだどこにもいないのに

夢の中で樹を伐る
夜の樹を伐る
どこまでが幹で
どこまでが枝なのか　永遠に
始まらないオーケストラのような
夜の樹は卵や苔類や
粘菌の繁茂する

森の中にたたずむ　誰にも
見られることなく
わたしはわたしの樹を
伐る　わたしの
からだのなかを
甘やかな体液が、しずかな
しずかな音をたてて流れていく

秋の野

土と葉とかかとがいりみだれて
十一月になっている　もうここは
プールサイドではない
あかあかと仮想現実めいた　あの
ダリアの揺れる
一抹のシークエンス
踏みしだき
幾重にもたたまれて

――わたしの家を売り歩く人がいる

明け方の夢は
やわらかい手袋を食べた
やまない水音と
沈みつづけるベッド
浴室タイルに蜉蝣の遺影が貼りつき
剝がれ落ちる　馬の尻の
つめたい穴の中が火事だ
――わたしの家を売り歩く人がやってくる
まだ何の手入れもされていない
いちめんの空であり
いちめんの土であり

今しがたふるえたばかりの呼吸を
やがて迎え入れる家
人ではなくなったときに棲まう家

二十四色のクレヨンを飲み込んだ子供らが
山裾に流れつくのは春
水源の紅葉はいま始まったばかりだ

ピクニック

雨があがって
夏空がきらりとしたら
青いみずたまりの底から
毛足の長い雲をひきあげ
意気揚々と　ひろげる
草の上
まだ乾かない制服で
寝そべって

ちくちく
くすぐったい
耳のうしろ
オトガイ筋がのびのびしてくる
ヤツデの葉っぱも透き通って
少女時代に帰ってゆくみたい

らんらん
卵がみっつ
六角形の
穴のあいた葉っぱ
蝶の模様
草の中に隠しておいた

妹たちの焼いたクッキー
むかし競馬場の裏で売っていた
サイダーと一緒にかじると
保健室の味がする
背丈がどんどん縮んでいって
蟻の巣のアリス
（お茶会にはまだ間に合う？）
（いまから草のつゆを集めに行くのよ）
葉っぱの先の水滴に映ってる
公園やバス亭
劇場もあるのね
水玉のライトアップ素敵
兎たちアイフォンをにぎりしめて
開演を待つ

充血した耳をぴんと立て
（お茶とクッキーはいかがですか）
（今年の梅雨は長びきますね）
（疫病の悪い噂がこの町にも広まって、劇場の収益は去年の半分ですよ…）
気がついたら
蜘蛛の巣にひっかかっていたの
（これは去年の…

文庫本がすべり落ちる
テーブルの上の炭酸水がしゅわっとこぼれて
また雨になりそう

微熱

体温計を咥えたままナイフを握りずっしり重たい果実のちょっとくぼんだお尻みたいなアソコにナイフの先っぽをさしこんで十字架を刻むまるで真夏の太陽みたいね亜熱帯の温室育ちのいびつな太陽の新しい傷口にマニキュアの剝げた中指を突き立てて奥に行くとそこは生温かく蒸れていてなんだか鼻の穴やお臍の穴に指を突っ込んだみたいにもあっとしててヘンな感じなのブツブツでデコボコのふてぶてしく厚ぼったい皮を力まかせにひっぺ返したらその勢いで尖った爪が果肉の房の半透明な薄皮

を破って夏蜜柑の汁が溢れ出る手指を濡らし手首を伝って肘の裏側まで滴ってくる背中のクッションの木綿のカバーの端で手首を拭い舌先で体温計を転がさないように気をつけて歯と歯茎の隙間に溜まった唾液を飲みこんでから薄皮でラッピングされた果肉の房をばらばらにして今度は薄皮を剝き取るのがめんどうくさくてイヤになっちゃうジローがテーブルの下で眼を覚ましたまだ剝いていないもうひとつの夏蜜柑と無花果とバナナを盛った果物籠が置いてあるテーブルの下でお昼ごはんを食べてからずっと眠りこけていた犬のジローがむっくり起き上がり白い長い毛を絨毯の上に振り落としてわたしが仰向けにのびているソファーの真ん中にのそのそとやってくるTシャツのめくれあがったおなかに冷たい鼻先を甘えるようにこすりつけてくるから剝いたばかりの果肉をジローの口の中に押し込んで果汁でべとべとした親指と人差し指と中指はジローに舐めてもらおう

としたらジローは顔を顰めてくしゃみのような鼻音と一緒に果肉を吐き出して元のテーブルの下に逃げ込み耳を垂らしてしゃがんでしまう酸っぱいものが苦手なんだねそういうことならお気に入りのベーコンみたいなやつの代わりに自分のべろをこねくり回して黄色い汁にまみれた三本の指をキャンデーみたいにしゃぶってやろうワンと吠えて体温計を口から離すと三十七度八分ああデパートに行きたいな造花のついたサンダルを履いた女の子たちがリゾート地みたいにぞろぞろ歩く午後のデパートに行きたいな体温計を振ると唾液と果汁が飛び散った休日の午後二時五分微熱はやまない

詩をつくるひと

朝のノートの上にはいつも
白いパンくずがこぼれている
日が暮れるまでには小鳥たちがついばんで
ことばは行き先を見失う
心臓のどこかで
きょうも泣いているちいさな子供
あたためたミルクにパンをひたすと
夜の森がしみこんでくる

＊

冬の底に
一枚の葉になってとどく声を
そっと踏んでゆくひと
かがみこんでひろうひと
焚き火をたいてあたたまるひと
明け方に歌うひと
おどるひと　など

＊

六月

ケミカルな匂いのする台所
水球の底で
みみずの文字がのたくっている
光を呑みこんだ
魚たちの　戦闘機
釣り人たちの長い長い午後
かたつむり
あじさい
あんぶれら

*

台所には
くんせい

おっとせい
どっちがたくさんいるのかな
ちゅうちゅうたこかいな
世界の過半数は食物であり
反芻だけが書物になってゆく
という詩の理論の検証

*

はじまりのひらがなには色があった
……あくあまりん
……さんごいろ
……やまあいずり
……けむりいろ

しぼりたてのノートをひらくと
とうめいな羽根が　蜜を吸いに
おりてきている
（わたくしは帽子もかぶらず走り出してしまったのです）

虫ピンと捕虫あみ
消しゴムと日焼けどめクリーム
ドアのない家に住む女が
きょうは一日　留守にしている

1/2の寓話

平成元年から去年まで
法華経を読んでいた時代がある
（誰にだって）

猫に逃げられて
竹藪で鰊を焼いている夜がある
（誰にだって）

墓参りに行かずに
米を研いでしまう日曜日がある
（誰にだって）

結果だけがすべてじゃないんだ
コインの裏と表なんだ　あれもこれも

片道切符を買い
片方だけの靴を履き

たちまちに僕から遠ざかってゆく
きらびやかな僕の半身
僕の、おお理想よ
片手をポケットに突っ込んで
片耳ピアスなんかしちゃってさ
ほら　ウインクさえしている

足の裏には
どうして表がないのだろう
できれば僕は　地球の裏側に
足の表をぴったり着けて
激しく接吻するように
美しい星と抱き合っていたいのだ

ほんとうに
ほんとうに　そうしたいのだ
（あいしています）

僕の残りの半身は
まだベッドの中にいて
そのことをずっと考えている
人生の分母みたいな苺の実が
月の光を浴びた朝食の皿の上にのっている

ミツバチ

時として理由もないのに不安になったり、たまらなく孤独な気分になってしまうのは脳の特定の領域が過剰に活性化してしまうことが原因らしい。だから朝目覚めた瞬間に死にたいような気分になっていたとしても、ああまだ脳のコンディションが整っていないんだな、と考えてやり過ごすことができるのだが、どうもけさは違うみたいだった。

毎月第二水曜日が来ると、まるで時代錯誤の大仰な意匠の建物の中の空調設備以外にこれといって取り得のない会議室に膨大な書類を抱えて出向かなくてはならない。それがきょうであることを思い出したのは起きてから十分ほど経ってからだったが、潜在意識は身体が目を覚ます前からそのことを知っていたのだ。そして目を覚ましたとたんに頭痛というシグナルを送ってきた。

あの会議室に行くまでのことを考えると決まって頭痛がしてくる。僕はその仕事が大嫌いだったが、当分のあいだはやめるわけにいかなかった。階数表示のないエレベーターやぴかぴかに磨き上げられた床、簡素な光景はむしろ悪質な迷路を思わせ、僕の普段は遠くどこかに隔離されている頭痛を呼び寄せる。

僕の頭痛。そうだ、それは通常は僕とは離れている。僕の頭痛や胃痛や歯痛はどこか名指すことのできない土地の奥深い森の中にあって、いやもしかすると森ではなく陽射しの届かない深い湖の底かもしれないのだが、普段はその場所にひっそりと佇んでいる。そして見知らぬ、あるいは見知った人間が交わす会話の中にときたま紛れ込んでくる「偽物」だとか「期限」だとか「アリバイ」なんて単語や、誰かの携帯電話や緊急車輌が発する電子音なんかが耳に届くと彼らは急に生命を吹き込まれたように大胆になって僕の中枢、僕の中の僕自身といえる領分に素早くたどり着き僕にとっての最悪な仲良しみたいな野郎にたちまちなってしまうのだ。だから僕は彼ら頭痛や胃痛や歯痛となるたけ距離を置いていたいと思う一方で、常にどこか親しみめいた感情を抱いているのもまた事実だった。

おそらく僕はちゃんとやってのけるだろう。自信たっぷりに意見を言う。あるいはただ知ったようなふりだけして口を慎んでいる。いつもいつもそれはうまくいく。だが今ここで想像するそれが終わるまでの時間の長さといったら。

まだ着替えの途中だった僕は、左足を靴下の中に突っ込みながら、けさ夢を見たことを思い出した。特別好きでも嫌いでもない、何の興味も感じていない知人がその夢には出てきて、そいつとはきょう会うことになっているのだが、彼の体型と動作はいつもある動物を連想させたから今は仮に河馬と呼ぶことにする。河馬は医者の家に婿養子に来た男で実の母親を早くに亡くしていたが夢の中では母親の生前の思い出を奇妙なほどの情熱をこめて繰り返し語っていた。なんでそんな夢を見たのかわからないが僕はそれで河馬のことを前よりも好きになった。河馬自身の言動や成し遂げた仕事によってではなく、僕が見た夢の内容によって河馬という人間の価値が上下するこの仕組みは不思議だ。むしろ不当というべきだろうけれど僕自身にはどうすることもできない。おそらく僕の夢も僕の頭痛や胃痛や歯痛と一緒の場所にいて、僕が河馬を好きだとか嫌いだとか思う気持ちも、そのすぐ近くに待機しているのかもしれない。そう考える頃には着替えも終わっていて少しはましな気分になっている。そして僕の頭痛や胃痛や歯痛のいる場所を深い森や湖のようなところではなく、明るくて暖かいレンゲ畑のような場所なんだと今度は想像してみる。そこではミツバチがしじゅうミキサーの唸り声のような羽音をたて甘い匂いでむせかえっている。誰も聴くことも嗅ぐこともないけれどたぶん陽気にぶんぶん唸っている。眼をつぶって深く呼吸し甘い香りを想像する。すると額のあたりがすうっとしてきて身体が少しだけ浮き上がる。

傷口

そのことを認識するのにいつも二、三秒はかかるような気がしてしまうのだが、実際にはせいぜいコンマ五秒といったところだろうか。スローモーションの映像さながら時間が引き延ばされていろんな思いが湧きあがる。「いったい何がどうなってこの結果をもたらしたのか」「きっかけはどこに潜んでいたのか」「もうやり直しはきかないのだろうか」などの思いが一瞬のうちに脳裏を駆け巡り、最後は落胆だ。きょう一日の真摯に、誠意をもって実行してきた事柄すべてがもうどうでもよくなってしまうほどの落胆。ほんとうにいまいましいくらいガックリくる出来事なのだ。紙の端で指を切ってしまうということは。

はっとしてからやや遅れてやってくる痛み。血はそのときにはもう滲みだしている。それを見てようやく事態を理解する。僕は紙の端で指を切ってしまった。そしていつもその瞬間まで忘れているのだ。あの一見柔軟な、二本の指で簡単に引き裂くことのできる脆くてやさしげな彼女が実は相当の頑固者で、いざとなったら手酷い仕打ちが出来るのだということを。

だが情けないのは、それがなんといっても自分の不手際であることだ。充分に注意していればこんなことは起こらない。紙が自分の意志で人を傷つけたりはしない。むしろ紙に恨みを持たれて彼女の意志によって攻撃されたのだとしたら、その方が却ってすっきりするというものだ。そうだとすれば僕はたぶん彼女の機嫌を損ねるような何か失礼なことをしでかしたのだろうし、仕返しをされるのもやむを得ないと諦めもつく。そしてたっぷりと反省し、今後のつきあい方を考え直す機会とするのだ。だが残念ながら紙に、彼女に悪気はないのである。だからこそいまいましいのだ。

指先から滲み出る血で汚さないように気をつけながら三枚のレジュメをテキストにはさみおわり、その束が四百に達したので、あとはロビーの椅子に腰掛けて開始の時間を待つことにする。ホテルの会議室を借りてのこの研修の会場に、やがてちらほらと受講者が顔を見せる。Ｆのやつもようやくやってきた。僕はふかふかの椅子の上にでれっと伸びたような姿勢で片手をひょいと上げる。それでFとの挨拶は済ませたつもりだったが、Fはそれでは満足しなかったようだ。

「どうしたんだい。元気ないみたいだな」

ちょっとでもそっけない態度を取ると、こいつはいつも心配そうな顔をして擦り寄ってくる。仲間思いで他人の世話を焼いたり心配するのが好きなやつだが、ほんとうは自分のことを一番に構ってもらいたいのだ。僕のそっけない態度を自分への無関心と受け取り黙っていられなくなったのだろう。僕もFのことを基本的には好きだったから、ここはFの気が済むような何か話をしなくてはと思う。そこで僕はきょうの研修会の準備をする係の一人になったことについて、どうでもいいような不満を少しだけ披露することにする。本物の愚痴ではなく、これはサービスのおしゃべり。

「テキストが三冊に、それぞれ独立した内容のペラのレジュメが三枚だ。受付の机に山にして並べて、来た者に勝手に取らせりゃいいと思うんだよ。ところが三枚のレジュメを重ねてテキストの一冊に投げ込むのはどうかと誰かが言い出した。その方が受付が混雑しないし、なにより来た人に親切だっていうんだよね。研修を受けに来る人の中にはエライ人もいるし、かなりの高齢者もいることを考えると、そういう善意の意見には逆らいがたいところがあるだろ、しかも受付開始まで時間はたっぷりあるし、人手もたっぷりある。だがそもそも最初から人手を集めすぎだし、準備のための集合時間が早すぎたんだよ。無駄ばっかりだ」

でもまあとにかく、その場でそれは決まった。三つの紙の束が何組かの島に分けられ、それぞれの島で作業が始まった。

左手の親指と中指の先を注意深く滑らせて、ひとつめの紙の束から一枚をめくりあげ、ひらひらと右手に渡す。次にふたつめの束から左手の指でめくりあげた一枚を右手の一枚に重ね合わせる。そして三つ目の束から左手の指でめくり取った一枚を右手にある二枚にまた重ねる。（どうでもいいことだが僕は左利きである）。最後に三枚をぴしっと揃えてテキストの表紙の下に差し込む。その作業を何度も何度も繰り返す。何百とあるそれらを、数人で手分けしてやる。

こういう単調作業というのは最初は退屈で耐え難いものなのだが、やっているうちに不思議と快感になってくる。ランナーズハイというのがあるがそれに似ているのかもしれない。ある時点からふっと気持ちがよくなり、トランス状態みたいになって手が止まらなくなるのだ。

最初はぎこちなく動いていた右手と左手の動きが次第になめらかになり、最小限の移動ルートを描くようになる。銀行員が素早く札を勘定するときのように、熟練した職人の無駄のない動き、確実に一枚だけをめくりとる自信を得た指先の運動は、美しい音楽のような洗練の極致にのぼりつめる。もはや自分の手指じゃないみたいだ。僕は自分の手の動きに酔い、その作業をいつまでもいつまでも続けていたい気にさえなってくる。

ところが突然ストップがかかった。研修資料は別の日に行われる同じ内容の研修会の分と一緒に梱包されて業者から届いたのだが、丸ごときょう一日の使用分と勘違いして梱包をすべて解いてしまっていたのだ。そのことに気づいた責任者から作業中止の指示が出された。なんという馬鹿げたことだ。伝達系統がまったくなっていない。しかも作業はあらかた終わろうとしているのに、ここで中途半端にやめてどうするというのか。ここまできた以上最後までやって、余った分をどこかに格納しておけば済むことだ。

僕はFにこうぼやきながら、そこで急に口をつぐんでしまった。つまりここまでの話のすぐあとで僕は指を切ったのだが、そんなことをFに言うつもりは勿論なく、今思えば僕はあのとき、作業中止の指示が出たとき、まるで自分のものじゃなくなったみたいな優雅な運動を続けている手の動きを止めたくなかった。いや、これはもう自分の意志ではとまらないような気がしていた。

ああ、事故っていうのは、そしてひょっとすると人間関係の破綻というのは、こういうときに起こるんだな、きっと。僕と紙とは当初の緊張した関係から馴れ合いの関係に移行しつつあった。僕の指から血が滴り落ちる事態となったのはそのためだ。やっぱり僕は紙に攻撃をしかけられたのかもしれない。そして今再び緊張を取り戻した彼女と自分との関係について考える機会がやってきたのだ。

するとFがまたしても心配そうに聞く。「なあ、やっぱりおまえ元気ないよ。てゆうか、なんかへんだよ」

せっかく彼女との関係についての重大な考察の糸口を摑んだところだったのに。大急ぎで別の話題を探さなくては。そう思ったときにFの視線が宙にさまよい出し、脚がそわそわし始めたのに気がついた。どうやらロビーの入り口に別の話し相手を、もっとまともで魅力的な話し相手を見つけたらしかった。Fはちらりと僕の顔を覗き、僕が目を伏せているのを確認すると、よく意味のわからないひとことを言い置き、それから人込みを掻き分けて泳ぐように走って行ってしまった。やれやれ。これでやっと彼女と僕との関係について心ゆくまで考えることが出来る。止まっていた血がまた滲み出し、傷口が疼き始めた。

詩のウォーミングアップ

言語感覚を解きほぐすためのエクササイズ

1　愛は、

愛は、
芋だ
うん。徹底的にそうでありたい
エルサだって芋だ
おとうとの

カレンダーを
均等にめくる
くすり指の指輪
結婚したいのは
小島よしおだから
「さようなら」
「新聞紙を束ねておいてね」
「すてきな人生を歩んでね」
線路はつづく
そっくりさんもつづく
台湾へ、新婚旅行には行かない
ちょうちん、はなちょうちん
つまらなかったら帰ってこいよ
天使のような俺様

ともだちでいようねって
泣くんじゃない
日本はちいさな国なんだ
ぬかるみばっかりつづくから
根本さんは
のどを傷めている

白状しろ！
ぴかぴかの、その
複数の口からは
変身願望が匂うぞ

ほな、元気よくさいならっ

2　遊戯

暁を追っかけて
岩下志麻が
うどんをすするシーンがあったっけね
エッジのきいた呼吸
音楽が鳴ってる
カラス目の老人が
桐のタンスの上で
屈伸運動をやり損なって

懸垂ならば負けないと
米を食べながら
騒いでる
しかとするな（鹿とするぞ）
澄みわたる空
世界は恐らく
即興性に満ちたビニール製品なのだ
試しにひとつ
ちくわのことを想ってみよう
月の輪グマとかでも可。夜を
徹して
ときめきを轆轤してごらんよ
奈落はすぐそこ
俄かに口をあけろ

盗んだ夜だから
ねえねえ
覗いてみてくれる?
徘徊するシーンでは
頻度を落として
二間続きで撮るけど
ヘリコプターは使わないこと
保安官がやってくる
マスクは（裏返して
ミシン目を見せびらかして
むっとした顔で佇んでいたら
名場面になるわね
餅は餅屋って云うし
初恋のシーンはそれでおしまい

日々

ふがいない日々
へ・へ・へ
本気になってきそうだな
マジックワールドはここから
未練を残したまま
無理心中するくらいなら
目隠しプレイの方がいいだろ?
森番の小屋までは数キロあるから
やばくなったら逃げろ
指を切り落としてでも
四つん這いになってでも
乱立するカメラの向こう
リチャードが手を振っている

ルイボスティーを濃い目にいれてね
レコードを変える時刻には
露出も変えていい？
腋毛濃すぎるもん

3　空いている行にあなたの言葉を書き込んでください

悪魔が電話をかけてきて
いんちき、いんちきって叫んでる
うららかな春の宵
駅がまたひとつ焼け焦げて
お産が迫っている

過半数が火山である町
奇数と偶数の
靴下を編む娘たちの
化粧が心なしか
濃いみたい

妻子を養えずに
詩の朗読会には行かない
スイミングスクールにも、もちろん行かない
専門家会議が始まっても
ソクラテスは現れない
（た）
（ち）

（つ）
（て）
（と）
なしくずしに
日曜日がきて
沼田市ではもう
猫のことしか話題に
のぼらなくなる
派遣社員の手当てが増して
ひそかに
夫婦は
へちまを育てていた
ほんとうに？
まさかの

身から出たさび　おお！
無理もないこと
目頭をおさえて
文句も言わずに
やりくりに奔走しても
ゆく年くる年は
余生のために
ら・ら・ら
離陸します
（る）
（れ）
六番目に誰が翔ぶのか、誰にも
わかりませ
ん

スキンヘッド

友人が大学院で「フーコーを読む」という課題と取り組んでいる。フーコーの原著を読むわけではないだろうけれどそれにしても彼が在籍しているのは経済経営学科なので、そういう実際的な学問の場でフランス哲学をやるとは、やっぱり大学院となると違うものだなあと感心した。

税理士の仕事を二十年以上やってきて趣味といえばゴルフ、文学や哲学なんて無縁の実務一点張りの人、その友人が何を思ったのか五十歳を過ぎた今年の春、社会人大学院生となった。

実務の世界とアカデミズムの世界の違いだけでも戸惑いの連続なのに、そこへもってきてあの難解な文章を書くフーコー。名前を聞くのすらはじめてだそうで彼にとってかなり異文化な体験に違いない。

「不思議な人だねえ。わけわかんないこと言う人だねえ」と素朴に感心し、楽しんでいる姿がわたしの目に微笑ましく映る。そしてちょっぴり羨ましい。

わたしたちはレストランで食事を終えたところだった。彼は置いてあった雑誌をなんの気なしにぱらぱらめくりながら喋っていたのだが、とあるページでその指がとまった。

「あっ。これ。こんな顔。こんな感じだよ」

そのページには何者かわからないがサングラスをかけたスキンヘッドの外国人男性の顔写真があった。

「ほんとだ、似てる。フーコーのスキンヘッドってかっこいいんだよねえ。確かにこんな感じだわ。ところでさあ、フーコーの本、わたしの家にも何冊かあるよ」

レストランを出ると友人はわたしの家に寄り、新書版のフーコーの入門書を選んで持っていった。

そんなやりとりが昨夜あったせいなのだろう。明け方、スキンヘッドの妙な夢を見た。

待ち合わせをしていた喫茶店にMちゃんがスキンヘッドになって現れた。Mちゃんはわたしの行きつけの美容院の従業員で、わたしよりうんと年下の若い娘なのだが、本や映画の趣味が似ているので、たまに会ってお茶を飲んだり一緒に映画を観に行ったりする。小柄なのに手足が長くてパンクなファッションが似合いそうだし、きれいな卵型の恰好の良い頭をしているからスキンヘッドにしたらさまになるだろうな、と前から思っていた。そのMちゃんがほんとうにスキンヘッドになって目の前に現れたのだ。

わたしは目を丸くしてMちゃんのつるつるの頭を覗き込んだ。その頭皮には刺青が施されていた。淡いピンクやオレンジ、グリーンなどの色が混ざり合ったマーブル模様みたいな柄の蝶が何匹も舞っているような綺麗な刺青だった。すてきな刺青ね、と褒めるとMちゃんはこれは刺青ではないと言う。「最初からわたしの頭皮についている模様よ」

周囲を見渡すといつの間にかスキンヘッドの人たちが大勢いた。わたしはたくさんのスキンヘッドに囲まれていて、そのつるんとした頭の表面にはみんなそれぞれに違う複雑な模様がついていた。

そういうものだったのか、とわたしはそこではじめて知って驚き、そして納得した。自分の頭皮にはどんな模様がついているのだろうか。スキンヘッドにすればそれを確かめられるのだ。わたしはわくわくしながら自分だけの模様を想像した。

……以上は、もう十年も前のわたしの日記および夢日記からの抜粋である。夢日記のノートの余白にはファッション雑誌の切り抜きを貼り合わせたコラージュがクリップで留めてあり、それはMちゃんの頭皮の模様をイメージして制作した作品だったと記憶している。この頃は毎日のように夢を見て夢日記をつけ、夢の内容に応じてイラストや地図みたいなものも書き込んでいた。ミシェル・フーコーの本を借りていった友人は無事に大学院を卒業して、それでその後の生活や仕事の内容がすっかり変化してしまったなんていうことは全然起こらなくとも、学生生活を大いに楽しんだというだけで彼の夢は叶ったみたいだった。わたしも自分の夢をもう一度思い出してそれを叶えたいと思う。だから二〇二〇年が終わろうとしている今、この夢日記のつづきを書いてみる。

Mちゃんとはその後会うことはなかった。というのもスキンヘッドになった一か月後に彼女はアフリカに行ってしまったのだ。

いつもの美容院に行くとMちゃんはいなくて、Mちゃんと同年代で仲の良かったもうひとりのスタッフの女の子が話してくれたことによると、Mちゃんは自分の頭皮の模様が意味するメッセージを読み解き、自分が生まれてきた理由、今世で果たすべき使命《ミッション》を思い出してアフリカに発ったのだという。

「アフリカで何をしているの?」

「うーん、くわしいことはわからないんだけど、アフリカの動物がどうとか、地球がどうとか……あと前世のことも思い出しちゃったらしいんです。とにかくもう別人みたいになって眼がきらきらしちゃって、残りのお給料はいりませんからって言って突然で。ちょっと迷惑」

ふーん、そうなのか、頭皮の模様を解読すれば自分が生まれてきた理由とか使命とかがわかるのか。わたしはMちゃんが羨ましくなった。宇宙から与えられた使命というものが自分にもあるのだとしたら、それを知ることは魅力的であると同時に恐ろしい。使命に従うことと逆らうこと、その両方を想像してみたが自分の使命がどんなものかわからないことには何のイメージも思い浮かばない。Mちゃんの使命はMちゃんの眼をきらきらさせてしまったわけだけど。

「ねえ、きょうはカラーリングをお願いするつもりだったけど、わたしもスキンヘッドにしてみようかな」

「ええっ、本気ですか」

肩まであるわたしの髪をブラッシングしていたスタッフの女の子はのけぞった。

「だって自分のミッションを知りたいじゃない。あなたはそう思わない？」

「それはまあ。でもわたしはまだその時期じゃないんです。それに……」

「それに、何？」

「ご存知ないんですか。頭にミッションの模様があるのは平成以後に生まれた人なんですよ。小見さんは昭和生まれだからいくら頭剃ったって、なんの模様も出てきませんよ。令和生まれの子供たちなんてもっと凄いことになってるらしいです。魂のレベルが格段に上がっていますからね。徴候があらわれるのが思春期以後だから、まだ噂でしかないですけど……。どうします、スキンヘッドにしますか?」

わたしは毛先を少しだけカットしてもらい美容院を出た。ほっとしたというのが正直な気持ちだったけれど、やはりMちゃんのことは少しだけ羨ましかった。昭和生まれの人間が風の時代[*]を生きていくのはなかなか大変みたいだ。

* 風の時代とは二〇二〇年十二月二十二日以後の二百年間のこと。西洋占星術では二百年ごとに〈火の時代〉〈土の時代〉〈風の時代〉〈水の時代〉が移り変わるとされ、二〇二〇年十二月二十二日に起きた木星と

土星の大接近いわゆるグレートコンジャンクションにより、それまでの〈土の時代〉が終わり〈風の時代〉へと突入した。〈土の時代〉には物質的な豊かさや目に見えるものに価値をおくのが主流だったが、〈風の時代〉では知識や情報、目に見えないネットワークに価値がおかれ、かたちにとらわれず居場所にとらわれない自由な生き方が主流になるのだ。

年間計画のつくりかた 二〇二〇

月に一度
豆を買いに行く日
きょうはブラジル
大統領選が始まる前に
正しい器と
スプーンを選んでおこう

日曜日には
豆をまきに行く
正しい顔の人々の群れ　そのあとを
黙ってついてゆく顔のない男と女
「婚姻届をください」
街路樹のプラタナスの
木が
七日のあいだ
約束の葉を落とす
正しい葉だけが着地して　残りは
水の中を
優雅に　楽しげに
ひらひらと舞う

ピアノのレッスンに行く
金曜日　黒鍵だけを
拾って叩いていると
欠けた前歯が生え揃う
カスタネットを食べたのは誰ですか
土の中に埋めたギターと
骸骨が踊り出し
「とうとう悪事が露見しましたね」
法律と平均律が改正されて
音楽室の前に
等高線が一本追加される

祝日は　オリンポスの丘の上で
何度も迷子になったあげく
世界中の有給休暇を引き連れて
クルーズ船の旅に出ていた
日めくりやら、卓上やら、香り付きやら
甲板では
カレンダーの数字が燃やされて　その
火を囲み　豆を喰う
ひたすらに
ただひたすらに　醱酵豆を喰らう

夕立ち

雷の音があっという間に近づいて大きな雨粒が屋根を叩く。外では傘を持たない人たちが一目散に走ってゆく。少しでも濡れまいとする心理なのか、大きく枝の張り出した街路樹の下を駆けてゆく男たちの女たちの夏服の色が、屋根裏部屋の窓から葉っぱごしにちらちら透けて見える。あの樹の名前はなんていったっけ。知らない。あるいは忘れた。花を見れば思い出すかもしれない。花をつけるのはいつだっけ。知らない。それとも忘れた。少なくとも今は花の時期ではないし、濡れた路上に落ちた白い花びらが泥だらけのスニーカーの底でさんざんに踏み荒らされて舗道が汚れてうんざりする、なんてことはなく、あれ白い花？　黄色じゃなかったっけってあなたが言って他愛ない口論が始まる心配もない。あなたは今眠っている。眠っているあなたの横をスキップして窓のそばに行く。雨の中を飛んできた灰色の蛾が窓ガラスにぶつかって鱗粉を散らす。あなたの左手首には蚊に喰われた跡、爪の間に庭仕事の土が残っている。窓は建て付けが悪くて何度もがたぴしさせてやっとのことで閉まる。そのあとはもう外なんか見ない。見なくたってわかる。おととい草取りをしたばかりの柔らかい庭の土が泥んこになって跳ね上がり、あなたの大事な薔薇を汚す。やっとふくらんだ蕾、春にナメクジにやられて以来の夏の一号がこの雨でまた駄目になってしまうわよ、傘を立ててあげないと。そんな会話をしたのはいつだったろう。もう長いことあなたは眠っているし、わたしは眠っていない。眠っていないと頭の働きが悪くなっていろんなことを忘れてしまう。あなたの顔も忘れてしまう。あなたは横向きに頸を深く曲げて寝ているので今はその顔が見えない。目の前にない顔を空で思い描くのはむずかしい。でも目が合えば一瞬であなただとわかる。そのメカニズムは不思議だけれど、知らないことと忘れたことを区別するのは至って簡単なこと。雲や木の葉を数えながらスキップしたりガムを嚙んでいれば忘れたことは不意に戻ってくる。戻ってこないのは知らないこと。だからときどきスキップして確認する。おととし行った那須サファリパークのプールで泳いでいるのをはじめて見た大きなネズミの名前はカピバラ。となりの檻にいた白ふくろうをわたしがとても欲しがったのをあなたは面白がって笑った。出口のレストランですごく辛い麵を食べたわね。確か鎌倉の海に泳ぎに行った帰りだったわね。ええっ、サファリパークじゃなかったの？　ジャージャー麺なんて変な名前よね。あなたがあんまり沖の方へ泳いでいくから怖かったの。黒い雲が遠くに見えて、それは不意に降りてきてあなたをさらっていく邪悪な眼を抱えていたから。帰りの電車から花火が見えた。どこで打ち上げているのだろう、サイレント映画みたいにしずかにひらいては落ちていく花火に乗客は誰ひとりわたし以外に誰ひとり気づかないそんなことってある？　夏祭りの夜はあんな混雑した場所に汗だくで行く気になんかならないから家でパスタを食べることにしたらビルの向こうの河岸でひっきりなしに炸裂する音がどうにも気になって貴重なものをみすみす見逃しているようで落ち着かない。それがどうよ、特等席みたいに真正面でするする花火がたくさんの花火があがる。誰も見ていないのにこれほんとうに花火なの？　夢なのかな、夢の中にいるのかな。膝の上で江戸川乱歩の文庫本を開いたらすぐに眠くなって駅に着いた。花火と邪悪な眼はよく似ている。ものすごくたくさんの水が集まると海になる。ここもいつか海になるだろう。この夕立ちのあとに。百年後に。千年後に。そのときわたしたちはどこにいるかしらね。ここはどこだろう。今わたしたちがいるここはどこだろう。あなたが、わたしが暮らしていた家はとうに朽ち果て重い石の下で土はたくさんの途方もなくたくさんの水を吸い、腐った木の根っこのあいだで息をひそめているわたしたちはもうかたちなど微塵もなくあらゆる痛みも空腹もなく雨と風と雷だけが降り注ぐ。そら、また一匹、野鼠が駆けていった。

ヒッチコックの青

三日前に庭から切ってきたジャーマンアイリスが、すっかりしぼんでガラス製の花器の中でうなだれている。かたづけようとして花器から取り出すと、その拍子に花の汁が勢いよく飛んで、部屋の白い壁に青い条がさっと走った。一瞬、夏の空が見えたような気がした。一面のひまわり、プールサイドの歓声……わたしの指先も夏の空をうっとりとかきまぜた人の手のように青く染まっている。ああ、壁に色が残ったらたいへんだわ、慌てて雑巾をしぼって壁を拭く。拭きとっても消えない痕跡、そういうものはたくさんあった。家の中に、家の外に、あるいは目に見えないけれどいつまでも残っている傷……だが意外にもあっけなく、壁の上に現れたばかりの青い色は濡れた布の中にしずかに吸い込まれ、あとはもう何もなかったかのよう。夏の予感とまぶしさだけを置いていった。それはちょっぴり残念な気もしたのだ。

テーブルを拭く、床を拭く、
眼鏡を拭く、ガラス窓を拭く、
ガラスの花器を拭く、
使い込んだ花鋏を拭く、
拭いても消えない血のあと、
消えない鉄錆の匂い、指紋、

擦り傷、一撃の瞬間の空の
色の反映…

(……事は密かに成し遂げられたのだ。すぐれた刃物なら必ず備えている小気味よい切れ味は、斬られたものに斬られたことを感づかせない。彼女は自分がまだ生きていると信じていた。真っ直ぐに立って光の方を向き、水を飲み、呼吸をした。そしてしばらくの間ほんとうに生きていた。むしろ地上にいた頃よりも存在感を増していた。見る人を魅了せずにはおかなかった……)

花の中でもジャーマンアイリスは比較的、水揚げが良い方である。花器の縁までたっぷり満たしておいた水の水位が次の日にはずっと下に降りている。この季節の葉や茎の吸水力には目を見張るばかりだ。だが花の方は、虹の神の名前を持つ大柄なこの花は、土の中にしっかりと根を張っているときですら、その姿をせいぜい三日しか保たせようとしない。それが神から与えられた時間なのである。

(……

(……雨蛙が

　もう

　　鳴き始めている　　あ

　　　　匂いが動いて

いった (……

窓にあ、
　　足跡みたいなもの　が　　　　　　庭に来る
　猫
　　　　　　　　　　　　は
　　　　　発情期　みたい
　　　　　換気扇　を　　　取り換え
なくては子供たち　　　　　はまだ
　　　　　　　　　　　　　　　　　校庭に
　　　　　……冷蔵庫のプリンを　　取って
おいて　　　　　　　　　　　　　　います
自転車の鍵がまた見つか　　　　　　らな
い　　　　　　歯医者の予約　の日　　　が
いま
　　　　　電話……）に　　　　　　　出られない

（……）

（……）

…………彼女は完全に放心していたことに気がついた。まるで自分が誰だったか、ちょっとのあいだ忘れていたとでもいう風だった。それから急にてきぱきと動きだすと、すっかり駄目になった花を新聞紙にくるんでゴミ箱に捨てようとした。すると新聞紙がみるみる花の色に染まっていった。どうやら最後の水分を吐き切ったらしかった。これら一連の出来事を記録するために、わたしはむかし観たヒッチコックの映画のようにモノクロフィルムのカメラを回すかわりに、白いノートをテーブルの上にひろげ、黒のボールペンを握りしめて書き始める。

映画の表面、鏡と水

　何の予定もない午後には、母は幼いわたしを連れて気の向くままに出かけたものだったが、その日は町なかの小さな映画館だった。保育園に通い始める前だったから、わたしはたぶん三歳か四歳だったのだろう。上映されていたのは外国の映画で、内容はよくわからなかった。すぐに飽きて座席から離れ、後ろの出入り口に近い通路で遊んでいた。田舎の昼下がりの小さな映画館は観客もまばらで迷子になる心配もなく、母はわたしを好きにさせておいた。わたしは威勢よく駆け回って周りからうるさがられるような類いの活発さは持っていなかったが、その代わりにひとりで変なことをしてしまう子供だったようだ。

　その欲望がやってきた瞬間の記憶は曖昧だ。だが映画に触りたいと思った感情はよく覚えている。わたしは何の迷いもなくスクリーンに向かって歩いていき、金属製の低い柵を乗り越えて小さなステージによじのぼると映画の画面に手をのばした。

　そのとき映画の中では何が起こっていたのだろうか。樹があった。樹の枝は大きく横に広がって明るい色の葉をたくさん繁らせ、枝の下には金髪の美しい少年たちがいた。そんな風に記憶しているのだったが、それはほんとうにあったことだろうか。映画の中で起きていることが現実ではないことは幼いわたしにもわかっていた。わたしは記憶の中の画面と実際の画面のずれの話をついしてみたくなる。だがそうすると際限なく脇道に逸れていく予感がするので、今はやめておこう。画面に触れようとしたときの話に戻ると、わたしはもう一度言うが映画が虚構であることはわかっていたのだから、そこに見えている風景の中に足を踏み入れようと企てたわけでは決してない。それが一枚の膜であることは知っていた。触ってみたくなったのは、それ自体が発光し、しかも濡れたような不思議な輝きを放って見えることに魅了されたからだ。ガラスやアクリル板の持つ透明感と冷たさ、それだけでなくしっかりとした弾力を伴った柔らかさとみずみずしさを予感させ、たとえば冷えたゼリーの表面に掌がぷるんと吸い寄せられるときの感触。母がおやつにつくってくれる葛餅や寒天のお菓子を、食べるよりも掌の上でぷるぷる転がして遊ぶ触覚の快楽。

そのとき起こったのはこういうことだ。まず第一にとても重要なことだが、わたしが触ろうとした映画は、触ろうとしたその瞬間に消えていた。代わりにそこにあったのはわたしの影である。わたしは自分が触ろうとしたものが既にそこに存在していないことを知って困惑したが、そのときには指はもう別の物質を触っていた。ざらりとして荒っぽく、そっけない硬さを持った物質で、ひんやりともぐっしょりともぷるんともしていない、それは砂埃の付着した漆喰壁であった。わたしはがっかりして母のところへ戻った。指先がざらざらしていた。最後部に近い座席だったが、わたしがスクリーンの前に立った姿はそこからもよく見えたはずである。映画の途中でいきなり端の方に小さい人の影が出現し、それがわたしの影だったのだから母はとても驚き、そしてあとになって大笑いしたものだ。他の観客からの苦情も、映画館側からの注意喚起も何もなかったのだから、おおらかというか牧歌的な時代だったのである。

記憶にあるだけの手がかりをもとに調べてみたところ、このとき上映されていた映画は、一九六二年にウォルト・ディズニーが製作したウィーン少年合唱団の映画『青きドナウ』ではないかと思う。ちょっと変わった幼年時代の思い出と言ってしまえばそれだけのことなのだが、久しぶりにこの思い出をほじくり返してみる気になったのは、谷川渥の『鏡と皮膚—芸術のミュトロギア』という本を読んだことがきっかけになっている。

真夏の昼下がり。暑すぎて他に何も出来ないときにする読書というのがこの上なく快楽的であるのは言わずと知れたことだが、この本自体がとてもスリリングな内容だったから一気に読了した。神話を通して表層の物語を読み解く——どちらも共に一枚の表面である鏡と皮膚というふたつの表層をモデルとして芸術を語ろうとする試み——ざっくり言ってしまえばそういう本なのだが、ここでわたしが取り上げたいのは鏡の方だけである。この芸術論全体について言及しようとは全然思っていない。そして本の序文には、芸術を鏡モデルによって語るというのは多くの人がやっている常套手段、みたいなことが書かれているから、きっとその通りなのだろう。それを踏まえたうえで、まずはよく知られたオルフェウスの神話だ。冥界から引き返すオルフェウスが禁忌を破って妻の姿を見てしまったことで、オルフェウスはエウリュディケーを取り戻すことに失敗し、ひとり地上に生還する。このとき彼が見てしまったものの委細は神話では語られていない。よく似た伊耶那岐・伊耶那美の神話では、イザナギはイザナミの「蛆たかれころろぎて」、その身体に八種の雷《いかづち》をつけた姿で横たわっているおぞましい姿を見て恐ろしさのあまり逃げ出してしまうのだが、オルフェウスが見たものは一体どんなものだったのだろう。谷川は想像する。「オルフェウスが見たのは、エウリュディケーの漠とした姿というよりは端的にその眼であるとはいえまいか」。だとすればエウリュディケーが見たのもまたオルフェウスの瞳であり、目と目が合うこと（まぐあい）がこのときなされた。この愛の至高の瞬間が同時に永遠の別離の瞬間となった理由、それが鏡の理論だ。「瞳は鏡である」。相手の瞳を覗き込むとそこに映っているのは自分の姿である。オルフェウスは生者の眼から隠されている冥界に下ることで、越えてはならない境界を越えようとした。そこでは「見る」こともまた境界を越えて生者と死者の存在論的差異を破壊することであり、その禁忌を破ろうとする者の前に立ちはだかるのが鏡（通過不可能な膜）にほかならなかったというわけだ。水面に映った自分の姿に恋をするナルキッソスの神話では、水の中の彼の影と彼自身との間に立ちはだかって恋の成就を妨げたのもまた水面という鏡だった。

ジャン・コクトーの映画『詩人の血』では、鏡の表面が水面のように揺らめき、その瞬間、詩人は冥界に入って行く。鏡は現世と冥界の通路になっている。アリスが鏡の国に行くことができたのも、鏡が液化したからだった。
「そして、確かに鏡は、ちょうどきらきら輝く銀のもやのように溶けだしてきたのです」（ルイス・キャロル『鏡の国のアリス』より　岡田忠軒訳）
「移る」ことは鏡面が水面と化すときに可能だが、水面が鏡面と化すときには不可能になる、と谷川は言う。鏡に「映る」ことは出来るが、鏡の向こうに「移る」ことは出来ない。ナルキッソスが水辺に屈んでそこに見た美少年に恋をしたとき、二人を隔てていた膜は確かに水面だったのだが、恋の相手が自分自身にほかならないことを知ったその瞬間、水面は鏡面と化した。それは彼の前に立ちはだかった越えることのできない境界だったのだ。
以上が谷川の理論である。鏡はメタファーであり、誰も本気で鏡の中に入ろうなどと思ったりはしないけれど、よく磨かれた鏡に映った風景を見ると、それは実物よりもずっとみずみずしく艶めいて煌いて、見慣れた光景が特別のヴェールを被って日常を圧倒的に凌駕しているように見える。そして鏡の縁という枠を越えて、視線はいくらでも奥へ進んでいけそうな気になるのだけれど、身を乗り出してもっと奥へと行こうとすればするほど、目の前には自分の影が広がっていくばかりなのだ。ああ邪魔くさい、もっとその向こうが見たいのに、この鬱陶しいやつは退いてはくれないものなのか、鏡に映らないでいられるのは吸血鬼だったっけ、物語の中にはなんだかそんな変わり者の存在がいたような気がするけれど、さしあたってそれはまあどうでもよくて、わたしはこのとき、あの幼い日の映画館での体験を鏡と結びつけることをまんまと思いついたのだ。

わたしが触りたかった映画の表面は、確かに水面に似ていたのである。これももしかしたら、多くの人が言っていることかもしれない。でもその水際まで降りていった子供なんているだろうか。だからわたしは自分の特権でもって、ここにひとつの神話を拵えよう。

幼い少女が遠くからそれを眺めたとき、明らかにゆらゆらと液化していたはずの映画の表面＝水面は、彼女がそこを通り抜けようとしたまさにその瞬間、鏡と化して行く手を阻んだ。

わたし自身をも驚かせたあのわたしの影さえそこに映らなければ！　表面張力の微かな抵抗を押しのけて、わたしは水面の向こう側へ、映画の中へはいって行けたはずなのである。

水辺の記憶

夏になると男の子たちとクワガタを捕まえに行ったり竹で作った水鉄砲で遊んだり。家の前には小川があってザリガニ釣りやタニシ狩り。蛍はもういなかった。シジミが獲れたというのも親の世代の話。東京の大学に行っている間に区画整理があって、いつの間にか小川がふさがれ桑畑や竹藪が小綺麗な住宅地に変わって、要するに自然が減っていったわけだけど当時はそんなの気にもしなくて今になって、いい子供時代だったんだなあって思うわけよ。あ、紅茶もう一杯いれるわね、こっちのラスクもどうぞ。東京から戻ってもしばらくは、そう、母がまだ生きてた頃はこの辺にも少しは田んぼが残ってた。すぐ隣のマンション、確か母が入院した年だったなあ、毎年楽しみにしてた田植えがなくて不思議に思ってたら秋になってブルドーザーが来て田んぼが潰されて、年が明けると建築工事が始まったんだわ。それまでは梅雨の季節が好きだった。晴れた日の午後四時になると、この部屋の天井が水辺に変わる。傾き始めた太陽の光が水田の表面に反射して天井に映るのだ。風が起こるとこまかく波立って光が揺れる、寝転んで見ていると眠くなる、ゆらゆら、水の底、ここは明るい、澄んでいて明るい、きらりと光ったのは銀色のおさかな、それとも船底か、誰かの足裏だろうか、ひたひた、水面を駆けてくる、やわらかな呼吸音、懐かしい気持ち、なぁんだかあさん二階にいたの？　ずっとさがしてたのよ、こんなに長いこと何処に行ってたのよ、窓を開けたらすぐ下でカルガモの親子が泳いでた、見せたかったのよぉ、写真撮ったわ、お天気のいい日には写真いっぱい撮ったわねえ、もっともっと撮っておけばよかった、かあさんの写真、お天気の日も雨の日も。あらやだどこまで話したっけ、紅茶冷めちゃった、マンションに新しい住人が入ったみたい、夜の窓の明かりがひとつ増えた、空き家空き部屋が増えてるこのご時世でも入居者がいるものなのねえ、感染症を気にして近所の挨拶まわりはしないのよきっと、みんなどこ行ってもマスク着けてるから新しいご近所さんの顔なんてちっとも覚えられない。睫みたいなちっちゃな苗の間をすいすい泳ぎ回る透き通った緑の生き物。捕まえてコップにいれて寝込んでいる母に見せにいく。ホウネンエビって名前、最近知った。カブトエビ、ぞっとするウマヒル、愉快なオケラもいる。ぶつぶつ蕁麻疹みたいな浮草が日に日に増えて生き物たちの姿が見えなくなって水が減りすっかり乾いて浮草がべっとりと土に貼りつく、苗はどんどん成長する。水は循環してどこへいくのだろう。流れてゆく雲、熱帯雨林、海に沈む夕陽、キャンドルの炎、リビングの壁いっぱいに映像は次々と変わる。音楽はモーツァルトだったり、ドビュッシーだったり、ネットで探してきたいわゆる「癒し系」の動画だ。コロナで外出が減って家にばっかりいるものだからつい買っちゃったの、画質はたいして良くないけど案外楽しめるものなのね、悪くないでしょ、このモバイルプロジェクター、こっちはわたしが撮った動画、昔のビデオだってこうして……水辺で手を振っている母、カメラを持った手がぶれているのか水も空も木も草も母もあっちに行ったりこっちに行ったり、足音がひたひた近づいて、さらさらしてきて、青い光が、壁から、壁の外へ、窓の外へ、外は真っ暗で、いつの間にかこんな時間になってしまったわ、ごめんなさいね、いつまでもひきとめちゃってごめんなさい、久しぶりのおしゃべり楽しかった、次に会えるのはいつになるか……お元気で、お気をつけて、サトシさんによろしく、ノリちゃんにも、今夜はよく眠れますように、ひとりの夜がくる、夜は水のように浸み込んでくる、記憶は水の面《おもて》に立つ波のようだ、部屋はすぐに夜でいっぱいになり、たくさんの記憶でいっぱいになり、わたしはひとりではない〈自分のカラダが大地とひとつになり、他人との境界線もありません、あなたの意識はもはやカラダにとらわれず、この部屋を満たし、建物を満たし、あたり一帯を満たし、世界を満たし……地球のまわりの雲、大気を感じ、自分がなにものにも縛られていないことを感じ……緑の草地……寝そべっている自分のカラダ……上からふわふわ浮きながら近づき、臍につながる銀色のひも、そのひもを伝いカラダへと入っていきます、すると*

＊ Yogalog の瞑想プログラム「ぐっすり安眠 yoga nidra」のナレーションからの引用。Yogalog とは、インターネットでヨガのレッスン動画を配信しているサービスである。

あとがき

コロナ禍を機に執筆を再開しました。気がつけば（前の本の上梓から）四半世紀以上が過ぎていたのです。そのあいだに――数式を忘れコルク栓がとびはねて百貨店が火事になり草の中で卵がひとつ孵り――またたく間の、四半世紀でした。

ここに収めたのは二〇二〇年五月から翌年八月までの間に書き上げた十一編の詩と、それよりはだいぶ前に書きためてあった五つの散文作品です。十一編の詩は、詩人の野村喜和夫さんが講師をしている朝日カルチャーセンター通信講座「現代詩を書く」の課題作品として提出したものです。

二〇二〇年五月は新型コロナウイルスの最初の緊急事態宣言が出て間もない頃であり、感染者のまだ少ない地方都市で暮らしていたわたしにもようやくパンデミックの実感がやってきたのですが、この世界的なパンデミックの中でどうしても詩を書かなくてはという使命感に駆られ、いてもたってもいられなくなったというわけではまったくありません。書きたいこと、表現したいことなどこのときわたしは何ひとつ持っていませんでした。茫然自失で自分と向き合わざるを得ない時間がどんどん増えていく中で、長らく忘れていた書くという行為にもう一度、希望を求めてみたくなった、こう述懐するのが一番しっくりくるような気がします。

講座の受講中は野村さんの投げてくれるキーワードから、実にたくさんのインスピレーションを頂きました。また毎回の講評の言葉にはとても励まされました。受講から一年がたち、二度目の夏のおわりのある日、一冊の本のイメージが浮かびあがりました。

本の刊行にあたっては、再び野村さんのお力添えを頂くこととなりました。また書肆山田の大泉史世さんには細かなところまでいろいろと助けて頂き、大変お世話になりました。ドイツ在住の美術作家、福島世津子さんには出版の間際になって慌ただしく挿画をお願いし、快く引き受けて頂きました。これらの方々に、そしてかげながら支え見守ってくれた友人たちに、心から感謝いたします。

二〇二二年　春分の日を過ぎて

小見さゆり

小見さゆり

一九五九年群馬県生まれ　中央大学卒
小説「悪い病気」で平成三年（一九九一年）度中央公論新人賞受賞
詩写真集『25オンスの猫』（一九九三・白水社／写真家オノデラユキとの共著）

水辺の記憶＊著者小見さゆり＊発行二〇二三年七月八日初版第一刷＊装画福島世津子＊発行者鈴木一民発行所書肆山田東京都豊島区南池袋二―八―五―三〇一電話〇三―三九八八―七四六七＊印刷ターゲット石塚印刷製本日進堂製本＊ISBN九七八―四―八六七二五―〇二五―九